KB065078

사라지는 것들을 통과하는 여름이 있다

조성희 시집

『사라지는 것들을 통과하는 여름이 있다』

시인의 말 9

1부. 하루는 너를 생각하고

2부. 벤치와 구두 밑창의 버찌

3부. 끝나지 않은 이야기

시인의
- 말

바깥은 아무 일 없으니 걱정 말아요.
서쪽으로 해가 기울면 사라질
거실의 빛처럼
모든 것은 잠시 머물지요.
날씨는 예상할 수 있고, 예상은 빗나갈 수 있고.
날씨는 바깥의 일입니다.
문을 열면 거실의 공기가 달라져요.

빗나간 예상으로 시를 씁니다.
예상이 빗나갈 수 있어 다행이에요.

1부

하루는 너를 생각하고

사과는 사과

매일 아침 사과를 먹는다
사과는 예뻐서
사과 한 알이 데구르 구르는 동안
나는 하얀 별이 된다
사과가 톡, 하고 갈라지면
시간에 작은 틈이 생기고
머리는 없는
꼬리가 긴 시가 달려 나온다
껍질이 벗겨진 사과는 시가 사라진 세계
사과 맛이 나지 않는다
사과는 그냥 사과인 것 같아서
논증이 필요 없는 진리
그냥 사과라서
사과는
병원 복도의 낮은 무릎을 일으켜 세운다
공기 같은 눈물은 사과
씨앗 같은 심장은 사과
바다 같은 그리움은 사과가 아니다

사과이고 사과가 아닌 것은 사과만이 안다

사과 한 알이 데구르 구르는 동안

나는 눈을 뜨고

저만치 굴러간 사과를 바라본다

하루는 너를 생각하고

하루는 너를 생각하고 점심을 준비했다. 감자를 깎고 양파를 벗기고 파프리카를 썰고 양송이버섯을 토막 내어 카레를 만들어 먹었어.

하루는 너를 생각하고 빨래를 했다. 푸른 액체 한 스푼이 사라질 때까지 웅웅거리며 돌아가는 소용돌이를 바라보았어.

하루는 너를 생각하고 맨발로 걸었다. 하얀 기억 속에 노란 달을 품은 데이지는 너의 웃음을 닮아서, 6월의 숲에서 흰토끼를 따라 사라진 너를 따라 토끼굴을 찾아 헤맸어.

하루는 너를 생각하고 잠이 들었다. 데이지 가득 핀 들판에서 흰토끼를 만나 너를 이야기했지. 너는 하얀 얼굴을 하고 있다고, 하얀 목에 하얀 배 하얀 엉덩이 그리고 웃음도.

오늘은 너를 생각하지 않았는데, 파란 시간과 가로등이 이별하는 새벽 눈을 떠보니 너는 가지런히 접힌 냅킨처럼 누워 내 팔을 베고 잠들어 있었지. 아무런 질량감도 느껴지지 않아. 후우 불면 먼동이 트는 창밖으로 날아가 버릴 것만 같아 숨을 꾹 참았어.

하루는 너를 생각하고 오늘은 너를 생각하지 않고. 장을 보고 점심을 차리고 세탁기에서 축축한 빨래를 꺼내 널고 데이지 가득한 들판을 맨발로 걷고.

여름밤은 블루

한낮의 뜨거움을 안고 엎드린 여름밤

파란 어둠 속 너의 형체는 짙어지고
내게 다가와 손을 내민다
우리는 비비 킹의 음악에 맞춰 느리게 춤을 춘다

춤추는 여름밤은 블루

흐린 하늘 아래 바다처럼
낡은 슬레이트 지붕처럼
시외버스 유리창에 흔들리는 커튼처럼

블루 블루 블루

냉동실에서 블루베리 한 알 꺼내 입 안에 넣고 굴려본다
달콤한 차가움이 천천히 미지근해진다
나는 보라색 혀를 내밀며 너의 손을 놓는다

어느 날의 별

어느 날 아침의 새소리

어느 날 자작나무 숲을 걷다가

어느 날 내린 눈이 아직 녹지 않았고

어느 날 느닷없이 돋아난 새잎

어느 날 길고 가는 손가락

어느 날 꿈틀거림

어느 날 나에게

어느 날 조용히 잠이 깬 새벽

어느 날 테이블 위에 식은 홍차 한 잔

어느 날 보고 싶어 허밍으로

어느 날 뜀박질

어느 날 놓친 풍선

어느 날 너는

200광년 떨어진 곳에서 죽어가는 별이

어느 날

머리 위에 반짝였다.

별들은 언제나 죽어간다.*

*『거의 모든 것의 역사』(빌 브라이슨, 까치)

잃어버린

이름을 잃어버린 사람이 이름을 부른다
살구 구름 카스텔라 숟가락 부바르디아
이름에서 달콤한 솜사탕 맛이 난다
혀에 닿으면 사라진다

숟가락은 숟가락이었고
카스텔라는 부바르디아였고
살구는 구름을 잃어버린 것일지도

어느 소설 속 K는 이름이 없었고
M은 잃어버렸다
누군가의 메일함에 발신인으로 존재하는
이름을 M은 찾지 않았다

단추를 잃어버린 할아버지
열쇠를 잃어버린 이삿짐센터 직원
낚싯대를 잃어버린 회사원
동생을 잃어버린 언니

기억을 잃어버리고 싶은 외과 의사
개를 버린 옆집 할머니
진심을 팔아버린 아저씨

잃어버리고 나면 없던 것이 될까

그물로 잡아 채집통에 넣은 잠자리가 날아가 버렸다
눈앞에 보이는 것은 빈 채집통뿐이었다

손을 넣으면 날개의 파닥거림이 느껴진다

초록 눈물을 삼키는 방법

울고 싶을 때는 매운 고추를 먹어요

고추를 넣은 멸치볶음 속을 헤집어
슬픔이 바짝 오른 고추를 골라
어금니로 꾹 누르면
초록 눈물이 코끝까지 오르지요

코를 풀면 안 돼요
그건 눈물이 아니잖아요

초록 눈물이 머리까지 차오르면
입을 크게 벌려 밥을 밀어 넣어요

해녀가 납덩이를 매달고 잠수하듯
밥이 눈물을 매달고 가라앉습니다

빛이 들지 않는 깊은 바닷속으로

단추1

단추가 떨어졌어요

염소를 잃어버린 말뚝의 낡은 밧줄처럼
끝이 여러 갈래로 갈라진 실밥만 남아있어요
실밥이 아니면 단추가 있던 자리라는 걸 알아채지 못할 수도 있지요

바느질 상자를 열었어요
하얀색 노란색 분홍색 빨간색
색색의 단추들 중에 적당한 것은 없어요

색깔과 모양, 크기, 구멍의 개수, 구성 성분과 궤도
단추를 이루고 있는 요소가 많다는 걸 알고 있었나요?

자기 자리를 찾지 못한 단추가 이렇게나 많구나 하는 생각에 조금 우울했어요

사거리 횡단보도

초여름 뜨거운 태양을 아스팔트는 견디고 있다
타. 박. 타. 박.
일정한 리듬의 발소리가 그 위를 밟는다

찌그러진 콜라 캔
태양에 말라비틀어진 지렁이
한낮을 닮은 민들레

집으로 돌아가는 사람이 있고
집 앞에서 회전목마를 타는 사람이 있고
집을 잃어버린 사람이 있다

버스 정류장으로 가는 길이야.
오늘 저녁은 차가운 달을 따먹으려고.

태양을 등진 이팝나무 그림자가
새의 날갯짓처럼 파닥거린다
6월의 아스팔트 위에 하얀 눈꽃이 내려앉는다

사거리에서 횡단보도를 건너면 편의점이 있어.

아니 두 번째 골목, 좌회전, 아니 거기가 아니라니까.

어디로 가고 있었던 거지?

주머니에서 핸드폰이 울리는데 주머니 속에 아무것도 없는데

옆구리에서 울음소리가 들리는데 목소리를 잃어버렸는데

타바ㄱ ㅌㅏㅂㅏㄱㅌ ㅏ ㅂ

발소리가 이팝나무 그림자와 함께 멀어진다

두 개의 상자

- meal kit

나에게 꼭 필요한 것만 있다고 했어요
그걸 믿은 건 노란 망토 같은 순진함이었죠

오늘 고른 메뉴는 제육볶음
주문표를 내밀면 진공 상태의 재료들이 싱크대 위에 놓여요

칼과 도마는 구석에 처박힌 지 오래되었어요 필요한 건 가위와 냄비뿐
가위로 진공 팩을 자르면 조개처럼 입을 벌려 재료들을 쏟아내요

순서가 중요한가요 휘파람처럼 가벼운 시간이 흐르면
한 줄 레시피로 완성되는
맵고 달고 짠, 세 가지 맛 아이스크림처럼 매력 없

어요

버섯은 아무도 들여다보지 않는 쓸개처럼 버려져요
나에게 버섯은 필요 없어요 쓰레기통에 버려지는
버섯이 없어도 제육볶음 돼지고기만 있으면 제육볶음

- writing kit

꼭 필요한 명사와 동사만 들어 있다고 했어요
버리는 건 싫어요 버려지는 건 어쩔 수 없어요

나의 언어가 아닌 당신의 단어로 완성되는, 다락방
상자를 열면 새 단어에서 잉크 냄새가 나요

초록 지붕 사/ 빛 편지 쌓이다 가방 잊다 숨어들다 먼지
다/ 창
리/ 틈

테트리스처럼 단어를 밀고 당기고 뒤집어서 쌓아요
균열 없는 얼굴은 어제 인화한 사진처럼 선명하고
나에겐 기억나지 않는 얼굴이 필요해요

버섯처럼 필요 없는 단어는 버려져요
편지가 좋겠어요 요즘 누가 편지를 쓴다고요
편지가 없어도 다락방 먼지만 있으면 다락방

쌓인다쌓인다쌓인다

이른 오후 아파트 뒤로 해가 지고

찬바람이 분다

목이 아프다

짧고 부드러운 털로 뒤덮인 담요가 있으면 좋겠다

나의 눈썹을 가지런히 해줄 너의 손길도

담요가 보이지 않아 회색 스웨터를 꺼내 입었다

오른쪽 팔을 넣고 막

왼쪽 팔을 넣으려고 할 때

솜사탕 부스러기 같은 보풀이

허공으로

가볍게 떠올랐다 손등 위에 내려앉는다

사라진다

안국동 사거리 가로등 불빛에 반짝이던 눈송이처럼

차갑고 축축한 손등을 뺨에 대어본다

오늘은 하루 종일 맑겠으며

차갑고 건조한 바람이 불겠습니다

꼬 끝이 빨개진 채로 날씨를 전하는 라디오에
보풀 같은 눈송이가 내려앉는다

쌓인다
쌓인다
쌓인다

하얀 눈밭이 된다

쌓인 눈을 밟으며
너는 걷고 있다
오고 있다 나에게
갈색 코트를 입고 한 손엔
나에게 건네 줄 담요를 들고 너는
햇볕을 받으며 졸고 있는 고양이처럼 걷는다
오고 있다 천천히

너를 기다리는 속도로 눈이 내린다

조금 더 빨리

잡고 싶다 너를

안개 속엔 손을 넣을 수 있지만

눈 속에는 손을 넣을 수 없다

너는 나를 볼 수 없고

나는 너의 목소리를 들을 수 없다

쏟아지는 눈을 맞으며

걷고 있다 너는

너의 발이 지워지고

무릎이 지워지고

네가 지워지는 풍경을 나는 본다

너의 어깨가 지워지고

귀가 지워지고

너는 뒤돌아서지도 다가오지도 못하고

하얀 여백의 풍경이 된다

찬 바람이 분다고 눈이 오지는 않는다

놀이터

그네는 나를 높은 곳으로 데려다줬다
발이 바닥에 닿지 않은 채로 가장 높이 올라갈 수 있었다

그네에 배를 깔고 엎드려 킥킥거렸다
손바닥만 한 장난감 삽으로 좁고 깊은 굴을 팠다
그 애의 오른쪽 팔과 나의 왼쪽 팔이 맞닿았고
비밀이야 라고 말했지만 기억하지 못했으므로 비밀이 되지 못했다

굴속에 두고 온 건 사뿐히 공중에 매달렸던 샌들
놀이터에서 아이들이 사라졌어

내일은 빈칸이다
조약돌, 색종이, 몽당연필, 지우개 똥을 뭉쳐 만든 폭신한 회색 공, 색색의 단추들, 하모니카, 주사위
빈칸에는 무엇이든 넣을 수 있다

내일을 거꾸로 뒤집으면 작고 쓸모없는 것들이 쏟아졌다
퍼레이드를 구경하는 사람들 머리 위의 반짝이 종이 가루처럼
가벼운 바람에 쉽게 흩어지는 것들이었다

작고 쓸모없는 것들이 조금씩 줄어들고
빈칸은 빈칸이 되어갔다
내일은 내일이고 그다음 날도 내일이고
내일은 뒤를 돌아보지 않는다

그네를 타지 않고 높은 곳에 올라갈 수 있는 방법을 알게 되었다
방법을 안다고 할 수 있는 건 아니다

배우지 않아도 할 수 있는 건 그네를 타는 일
장난감 삽으로 굴을 파는 일
놀이터에 그네를 심는 일

하늘을 향해 자라고 땅속 깊이 뿌리내릴 수 있게 물을 흠뻑 줘야지

기억은 그네와 함께 자랄 것이다

놀이터에 아이들 소리가 가득하다

그림자

공원이 있었다 벤치가 있었다

소년이 있었다 소년은 검은 운동화를 신고 있었다

하늘에는 새털구름이 펼쳐져 있었다

구름도감에는 150가지가 넘는 구름 이름이 있대

아스페리타스 카붐 무루스 플룩투스 카우다 볼루투스 콘트레일

낯선 구름 이름을 중얼거렸다

공원이 있었다 벤치가 있었다

벤치 밑에 검은 운동화가 있었다

소년이 공원을 지나고 있었다

해가 진 후부터 해가 뜨기 전까지

조그만 간이역에 갔다. 의자 하나가 빈 꽃병처럼 놓여있었다.

어디로 가는 기차표가 있나요?

어디로 가는지 모를 기차표가 시월의 낙엽처럼 툭, 떨어졌다 툭, 눈물도 떨어지고 기차표에서 바스락 소리가 났다. 도착지가 적혀있지 않은 기차표를 들고 플랫폼으로 갔다.

기차가 가볍게 흔들리고 블루베리 한 알이 또르르 굴러왔다. 점,점,점, 보라색 자국. 시간이 완행열차처럼 지난다. 해가 진 후부터 해가 뜨기 전까지 수평으로 흐른다.

나뭇잎 하나가 떨어지고 새잎이 하나 돋아나는 일은 밤에 일어난다.

마지막 칸은 침묵 속으로 사라진 어제. 싱크대에 부어버린 유통기한 지난 우유처럼 부연 흔적만 남는다. 길고 조용한 기차처럼 한숨을 내쉬었다. 기차가 어디를 통과하고 있는 거지? 몇 번째 칸까지 사라졌을까? 나는 언제 사라질까?

겉과 속이 다른 것들에 대해 생각한다. 어둠을 달리는 기차의 안과 밖처럼. 겉은 빨갛고 속은 투명한 즙이 흐르는 사과. 환한 밤과 캄캄한 낮을 지나, 아무 일도 일어나지 않을 것처럼 지루한 서랍 안에서 벌어지는 일들.

언니가 말간 얼굴로 어젯밤 꿈에 대해 얘기했다. 휘몰아친 북풍이 데리고 간 곳은 엄마의 입 속이었어. 내 몸에선 가시가 돋아나고 있었는데.

꿈은 밤에 꾸는 거고 이야기는 낮에 하는 거야, 언니

언니가 왜 내 어깨에 기대있는 걸까. 기차가 아주 조금 흔들렸고, 지금은 기차 안이고 해가 진 후부터 해가 뜨기 전이니 상관없었다.

밤이 사선으로 접힌다. 이 밤을 기억해야 한다고, 세모 모양으로 접힌 모서리를 손가락으로 쓰다듬는다.

그 여름

23년 만의 기록적인 폭우였다.

넝쿨을 이루었던 아이비, 풀지 못한 삼각함수, 시간 여행자가 등장하는 소설, 겨울을 기다리던 크리스마스트리, 개구리처럼 아— 입을 벌린 참치캔, 마녀를 부르는 빨간 구두

집에서 기르던 것들이 떠내려갔다.

미지의 세계를 향해가듯 유유히

흙탕물로 변해버린 한강을 바라보며 라면을 먹었다.

그날 밤 불어난 한강 위로 검은 눈이 떨어졌다.

사라지는 것들을 통과하는 여름이 있다.

2부

벤치와 구두 밑창의 버찌

태어났다

아이는 태어났습니다. 세 번째로 태어난 여자아이였지요. 아무도 궁금해하지 않았어요. 사람들은 또 여자아이구나, 했지요. 아이는 관심이 필요한 만큼 아픈 아이가 되었어요. 눈이 아팠다가 콩팥이 아팠다가 어느 날은 식빵에 핀 푸른곰팡이처럼 아프기도 했어요.

아이는 개를 무서워했어요. 개를 마주치면 뛰게 되는데 개가 있을 때는 뛰지 말라니요. 개는 슬픔을 덮고 잠을 잡니다. 거의 존재하는 것에 가깝습니다. 잠에서 깨어나면 뾰족한 이빨을 드러내며 짖어요. 아무도 궁금해하지 않는 아이를 향해. 아이는 개의 눈빛이 싫고 개는 아이의 발뒤꿈치가 마음에 들지 않아요.

너는 어디에서 태어났니? 나는 세 번째로 태어난 개. 어디에서도 아니고 어떻게도 아니고 세 번째로 태어났다. 세 번째는 애매해서 아이는 애매한 어른이 되었지요. 어른이 되어서도 개가 무서웠어요. 넌 태어나지 말았어야 해. 개에게서는 아이의 그것과 비슷한 갈비뼈가 만져져요. 개도 알까요. 아이와 비슷한 아치형의 갈비뼈를 가지고 있다는 것을요.

이 세상 모든 것은 태어나요. 아이가 태어나고 개가 태어나고 화분이 태어나고 달걀이 태어나고 먼지가 태어나고 팬케이크가 태어나고. 태어난 것은 모두 다르게 생긴 갈비뼈를 갖지요. 갈비뼈는 존재하는 것에 거의 가까워질 수 있는 슬픔을 담고. 태어나는 모든 것은 사라집니다. 몇 번째인지는 모르지만요.

아이의 아이가 먼저 사라졌고 개는 아이가 어른이 되어서도 사라지지 않았어요. 언젠가는 사라지겠지요. 아이가 사라지고 난 후에 사라질까요. 개가 먼저 사라질까요.

규칙

집 밖으로 나갈 것
둘 이상이 함께할 것
해를 바라보지 말 것
속도를 조절할 것
숨어들 장소를 봐둘 것
구름과 나무를 조심할 것
경계가 선명해지는 시간에는 뛰지 말 것
다가오는 어둠을 기다릴 것

푸른 어둠이 내려앉으면
엄마가 내 이름을 불렀다
엄마가 불러주는 이름은 그늘을 만들지 않았다
낮의 규칙이 사라질 만큼 다정한

밤이 되면
이불 밑에 숨겨둘 것
자니? 누군가 물어도 대답하지 말 것
밤의 경계가 느슨해지는
새벽을 기다릴 것

고양이 앞발

떨어지기 좋은 높이가 있다

상처 많은 앞발은 늘 조심스러워서

눈을 감아도 높이를 알 수 있다

비둘기

이곳엔 비둘기가 없습니다
없었습니다

버스정류장에는 사람 대신
보도블록 사이 흙을 쪼아대는
비둘기가 있습니다

비둘기는 무서워하지 않습니다
사람들은 비둘기를 무서워합니다

구원받길 소망한다면
구멍 난 주머니 속으로
구두를 신고 또각또각 걸어 들어가
숨겨진 구슬 하나를 찾아야 한다

비둘기는 구구구구 소리를 냅니다

비둘기가 날 수 있는 이유는

머리가 비어서죠
사람들이 비둘기를 무서워하는 건
새대가리 때문입니다

비어있는 것은
하얀 도화지를 마주할 때의
검은 우물을 들여다볼 때의

이곳엔 비둘기가 있습니다
이쪽에서 저쪽으로
퍼드득거리며
잠깐의 날갯짓으로 자리를 이동하는
먼 곳으로는 날아가지 않는
비둘기가 있습니다

나의 방에

어둠이 찾아왔습니다
이불을 펴고 반듯하게 누워
하루 종일 피곤했던 두 손을 심장 위에 가만히 포개어 놓습니다

방에는 20년 된 옷장이 넓게 자리를 차지하고 있어요
신혼의 설렘이 배어있는 연보라색 원피스가
미련스럽게 걸려 있고요
오고 간 사람들의 다정함이 묻어있는 이불은
돌아오지 않는 시간을 추억으로 품고 있지요

피곤한 두 손과 원피스와 이불의 고요한 밤이 흐릅니다

밤의 고요를 깨고
새 한 마리가 찾아옵니다
작은 새의 지저귐은 이제 막 말문이 트인 아기의 옹

알이 같아요

새의 소리를 사람의 언어로 들을 수 있다면 얼마나 좋을까요

이곳에서 짧게 머물다 떠난 이가

새가 되어 찾아와 못다 한 이야기를 하고 있는 건지 모르잖아요

작은 새가 떠나고 창밖이 밝아옵니다

두 손을 깨워

방 안에 떠다니는 이야기를 털어냅니다

봄, 밤

하얀 목련 봉오리 보며
이제 곧 봄이 올 거라고

달에게 바짝 기대 소곤거렸다
너만 알고 있으라는 듯

머뭇거리는 겨울을 향해
어깨 위로 빈손을 들어 흔들고

그걸로 끝이라고 생각했다면
아직 계절을 알지 못하는 것이다

벚꽃잎 떨어지는 길은 꿈속, 봄
밤에 떨어지는 꽃잎은
지난겨울 내리지 못한 눈송이

봄은 밤이야
밤은 겨울에서 오는 거야

귀밑을 스치는 바람에

달은 숨죽이고 있었고

나는 조용히 웃었다

꼭 쥐고 있던 손을 펼치면

선명해져 있는 손톱자국

것 같고

그런 것 같다는
말은 하지 말라고 했는데
분명한 사람이 되라고 했는데
나는 미지근한 노랑이 되어간다

타인의 소원을 담은
보름달 같은 슬픔

마음을 말하는 건 어려운 일인 것 같고
하얀 울타리 가득 장미가 피면 여름인 것 같고
앞 동 베란다에서 이불을 털고 있는 사람은 모르는 사람인 것 같고
소파 밑의 단추는 내 것이 아닌 것 같고

햇빛의 기울기만큼 비스듬히
바라보는 동안 조금 멀어졌다

마당을 가져본 적 없어서

화분은 창을 통과한 빛으로 자랐다

다 삶아진 것 같은
감자를 젓가락으로 찔렀을 때
아직 내뱉지 못한 말들이 가득했다

따뜻한 감자 한입 베어 문다
모르겠는 마음은 모르는 대로

잊다는 있다

찾아와야 할 세탁물이 있다
고객님께서 맡기신 소중한 세탁물의 세탁이 완료되었습니다
흙탕물이 튄 검정 코트
반듯하게 날 선 주름이 필요한 양복바지
하루의 절반을 의자에 앉아 보내는 반질반질한 교복 치마가
세탁소 주인을 닮은 선한 미소로
일주일째 기다린다는 것을 잊다

오랜만의 가족여행 가는 차 안에서
아, 맞다
아니 틀렸어, 넌 글렀어
어떤 때는 칫솔을 어떤 때는 수영복을 어떤 때는 다음 날 갈아입을 양말을
챙겨야 할 게 있다는 걸 잊다

달력에는 빨간 동그라미가 스물한 개 있다

빨간 동그라미가 있다는 걸 잊다

건망증이야, 있다는 걸 잊는 건 건망증이지
내가 기억해야 하는 건 세탁물이나 칫솔, 빨간 동그라미 같은 게 아니다
그것은 각자의 몫이다
엄마와 딸과 아내와 며느리와

남편이 있다는 걸 잊는다
아이가 있다는 걸 잊는다
어머니와 어머님은
아버지와 아버님은 같고도 다르다
같고도 다른 것은 0과 0

어느 날은
내가 있다는 것을 잊는다

바닥에 떨어진 단어들을 줍고

방충망의 구멍을 하나씩 바늘로 찌르며
내가 있다는 걸 잊지 않기 위해
죽음에 대해 생각한다
새들은 왜 페루의 어느 바닷가로 날아와 죽는 걸까?*

'있다'는 흐른다
있다는 걸 잊지 않기 위해
세탁물과 칫솔과 빨간 동그라미는 잊는다
새의 날갯짓이 일으키는 작은 바람을
느낀다
기억한다

에스프레소, 다이어리, 연필 한 자루, 햇살 한 줌, 리디아**
그리고
페루의 모래 언덕에서 죽지 않고 사라진 그녀가 있다

* 『새들은 페루에 가서 죽다』(로맹 가리 저, 문학동네)
** 『리디아의 정원』(사라 스튜어트 글, 데이비드 스몰 그림, 시공주니어)

위로

네가 한번 해볼래
얼마나 어려운지

달콤한 사탕을 꺼내 보여도 소용없어
혀끝으로 느껴지는 맛은 깊이가 없으니

차라리 그 혀를 먹어버리는 게 낫다니까

다시 쓰는 이야기

그는 하얀 다리를 가졌고 등이 살짝 굽었다 아침엔 캡슐커피와 함께 땅콩버터를 바른 빵을 먹는다 식구들이 모두 각자의 방향으로 문을 나서면 노트북에 빈 화면을 띄운다 오늘은 비 오는 날의 달팽이에 대해 쓴다 그는 눈이 나빠 책을 읽지 않지만 책 읽는 사람을 좋아하고 화분을 잘 기르는 능력이 있다

그는 낡은 우산을 돌보고 짝을 잃은 왼쪽 이어폰을 돌본다 처음부터 돌보는 일을 잘한 건 아니었다 엄마가 사다 준 화분 때문이다 잘 돌본다고 자꾸 화분을 사다 주는 건 싫은데 화분이 늘어나고 내 화분이지만 내 것은 아닌 화분을 돌보는 그는 그녀일까 그일까

버스정류장에서 검은 롱패딩에 삼선 슬리퍼를 신고 담배를 피우는 젊은 남자에게 이곳은 담배를 피우는 곳이 아닙니다 말할 수 있는 건 그이고 그녀가 아니니까 그는 그녀일 수 없지만 어쨌든 날아오는 주먹을 피할 수는 없었지

청소는 지겹고 설거지는 할 만하고 칼로 두부를 자르는 건 손 위에서도 할 수 있는 일이지만 이제 난 밥은 안 할 테니 알아서들 해 난 밥돌이가 아니란 말이야 소리 지르고 문을 쾅 닫고 나왔는데 갈 곳이 없는 그는 처음부터 다시 써야겠다고 생각했다 그나 그녀 말고 당신이라든지 너라든지 김이라든지 박이라든지 분명한 건 엄마의 배 속에서 태어났다는 것뿐이다

세 사람

편의점에서 각자의 취향대로 맥주를 골랐다
바다가 내려다보이는 오션뷰라고 했다
창문을 열자 어둠 속에서 움직이는 바다의 굴곡이 느껴졌다
창문을 닫으면 바다는 어둠 속에 갇혔다

침대는 세 개, 의자는 두 개, 탁자는 하나
윤은 의자가 왜 두 개뿐인지 모르겠다며 투덜거렸다
나는 침대 끝에 걸터앉아 검은 유리창에 비친 윤을 보았다
그때 선은 어디에 있었는지 기억나지 않는다
가장 밝은 곳에서 어둠 속에 떠 있는 윤과 나를 보고 있었을까

침대와 침대 사이 작은 협탁은 간격을 적당히 유지하는 일에 쓸모 있다

세 개의 침대 위에

우리는 이제 막 죽은 시체처럼 두 손을 가슴에 모으고 누웠다
죽어서도 이렇게 나란히 묻히면 좋겠다

밤새 서로 다른 농도의 알콜이 몸속에서 찰랑거렸다

암막 커튼을 치고 새벽처럼 잠을 잤다
깨어도 꿈속 다시 잠을 자도 꿈속이었다
사각거리는 하얀 이불이 있어 괜찮아
새벽 같은 한낮은 지겨워지지 않고

오늘의 해가 떠오를 때마다 하늘에는 동그란 구멍이 난다

쓰린 속을 달래는 데는 해물탕만 한 게 없다
빨간 국물을 퍼먹으며 나는 물었다 어제 무슨 일 있었어?
반쯤 감긴 눈으로 윤이 대답했다 영업시간이 지난 편

의점 문을 두드렸지
　선은 조갯살을 발라내 조용히 씹고 있었다

　바다로 오는 길이 여러 개인 것처럼
　집으로 돌아가는 방법도 저마다 다르다는 걸 우린
알고 있다

구피

수컷 한 마리와 암컷 두 마리가 어항에서 헤엄쳤다. 가짜 수풀과 가짜 소라와 가짜 집 사이를 지나다녔다.

새벽에 거실 불을 켰을 때 암컷 한 마리가 바닥에 놓여 있었다. 빨갛고 투명했다. 다음날 암컷 한 마리를 사서 어항에 넣었다. 며칠 후 암컷 한 마리와 수컷 한 마리가 수면 위에 동동 떴다. 물고기도 사람도 죽으면 물에 뜬다. 물고기는 배를 보이고 사람은 조금 전까지 있었던 깊은 물 속을 향하고 있다는 것이 다르다.

죽을 것에 대비해 더 많은 구피를 샀다. 그 후로도 밤사이의 탈출이 이어졌고, 몇 마리는 배가 부푼 채 수면으로 떠 올랐다. 밤이 오는 게 무서웠다.

내일 일은 모르는 일이어야 한다.

밤의 공기가 물속처럼 울렁거렸고 투명한 유리의 파열음이 들렸다. 어둠 속에서 소리는 더 깊고 가깝다. 방문을 열었다. 거실 바닥이 흥건했다. 너는 주먹을 꼭 쥔 채 서 있었고 남아있던 두 마리의 구피는 보이지 않았다. 괜찮아, 라고 너는 말했다. 괜찮다고 말하면 정말 괜찮은 게 될지 모른다고 믿는 것 같았다. 문제는 구피가 아니었다고 어항이었다고 가짜 수풀과 소라와 집이었다고.

다시는 물고기 같은 건 기르지 않겠다고 다짐한 이후 물 위에 떠 있는 꿈을 종종 꾼다. 물결의 흔들림에 멀미가 날 것 같지만 눈을 뜨면 하늘이 보였다. 너에게 꿈 이야기를 들려주면 너는 다행이라고 했다. 괜찮아.

밤이 반복된다. 괜찮은 밤과 괜찮지 않은 밤. 괜찮을 수 있는 밤과 괜찮을 수 없는 밤. 물속처럼 검은 밤. 흔들리는 밤.

오늘도 어제의 반복이므로 반복되는 것에 익숙해질 수 있다고 나는 믿는다.

그만두는 것들은 이렇게 끝이 난다.

드라마

2번 출구 계단을 올라오는 너의 얼굴에 초승달 같은 미소가 떠 있다
너와 내가 등장하는 장면이다

표정 없이 달리는 자동차는 표정을 읽을 필요가 없다
자동차는 1인 2역쯤 거뜬히 해낸다
자동차1이 지나가고 자동차2가 경적을 울린다
자동차3 뒤에 자동차1이 또 지나간다

계절이 변해가는 속도로 우리는 걷는다

삐딱하게 서 있는 가로수들은 자는 척을 한다
척하는 게 그들의 역할이다
자는 척을 하고 나면 흔들리는 척하고
봄인 척 겨울인 척 계절을 연기한다
걷는 것마저 서투른 엑스트라는 빨리 사라져야 해
가로수2가 가느다랗게 눈을 흘긴다

퀸 없는 체스판처럼 심심한 운동장을 지나 골목으로 들어간다

골목은 골목으로 이어져 있다

골목마다 비슷한 냄새가 나고 문이 많다

문 옆에 문 언덕 위에 문 빨간 벽돌 건물 하나에 문 하나씩

초인종을 누르면 똑같은 옷을 입은 사람이 똑같은 말투로 주문을 받는다

무엇을 드시겠어요?

빵 냄새를 맡으면 허기가 진다

골목을 걷는 동안 하나의 계절이 지나간다

너는 피곤한 얼굴로 별일 아니라는 듯 가볍게 손을 흔든다 지나간 계절에게 인사하듯

이제 퇴장해야 할 때야

2번 출구로 돌아온다

표지판만 바꾸면 입구가 되는 출구

너는 어두운 속을 내보이며 입을 벌리고 있는 입구로 들어간다

익숙한 어둠이다

손에는 설탕 시럽으로 코팅된 레몬 케이크가 연출된 장면처럼 반짝이고 있다

선명하게 희미하게

실뭉치 같은 낮달이 박힌 가을 아침
어제의 하늘이 기억나지 않을 만큼 새파란 하늘이었다

계절의 속도를 좇아가지 못한 은행나무는 아직도 초록이었는데
그렇다고 계절의 속도를 나무랄 수는 없다

형광색 조끼를 입은 아저씨들이
칠이 벗겨진 도로 위의 선을 하얀색으로 칠한다
이등분된 열여섯 줄의 횡단보도가 선명해진다

나는 오른쪽 너는 왼쪽
각자의 방향이 있다

점심으로 무엇을 먹을까 생각하며 버스를 탔다
투명하고 네모난 하늘이라니

시리얼에 우유를 붓고 잘 익은 홍시를 벗겨 손가락에 묻히며 먹었다 햇살이 쏟아지는 베란다에 화분을 내어놓았고 노린재가 관음죽 잎 사이에서 발을 비비고 있었고 무당벌레가 방충망을 기어가고 있었다

거실 깊숙이 들어온 햇살에 화분처럼 앉아
읽다 만 소설을 펼쳤을 때 들려오는 소리
누군가 찬장을 닫았고 물을 틀었고 설거지를 했다

거기, 누구 있나요?

사람은 없고 소리만 있다
고요한 공간 속에 소리가 침입해 오면
손과 발은 작아지고 스물두 개의 귀가 생긴다
죽은 사람의 발소리까지 들린다

낮달의 한쪽 끝을 잡아당겨 소설 사이에 끼워 넣었다

이야기를 밟고 지나간 발자국이 희미해진다

현관 센서 등이 켜졌다 꺼졌다

눈을 감고

시도 때도 없었다
입안에 밥을 가득 넣고 씹다가 운동화에 비누칠을 하다가 눈꺼풀이 내려왔다

양파를 썰다가 길을 걸었고 어느새 손에는 고무장갑이 끼워져 있었고 아카시아 향기는 어젯밤에 맡았던가 폭설이 내려 집 밖으로 한 발짝도 나갈 수 없었던 건 언제였지 그런 날이 정말 있었는지 그런 일이 일어나길 바란 건지

장미가 피었으니 여름이고 폭설의 일은 그만큼 멀다

눈을 감으면 금방 꿈속으로 빠져들 거 같은데
누워도 잠들지 못하는 밤이 이불 밑에 쌓여갔다

눈을 감고 눈꺼풀 안의 일을 생각해 봐
잠은 멀고 눈꺼풀 안의 일은 가까워

눈을 감으면
눈꺼풀 밖은 깜깜해지고 눈꺼풀 안은 밝아진다

축축해진 양말을 젖은 운동화 옆에 널고 눈을 감았다
눈꺼풀 안을 본다

버스를 타고 여행을 떠나
내릴 곳은 정해져 있지 않고
너는 왼쪽 이어폰을 나에게 건네
우린 같은 음악을 듣고
햇살에 너의 이마가 빛나
고개를 돌려 천천히
뒤로 물러서는 창밖의 나무들

이건 꿈이야 생각했지만 잠을 자고 있는 건 아니라고
꿈속에서의 일도 기억할 수 있다고

우리 꼭 가자 버스를 타고
중얼거렸다

벤치와 구두 밑창의 버찌

눅눅한 종이 냄새에서 여름은 시작된다
하루 종일 회색 구름이 하늘을 뒤덮고 있다

까맣게 익은 버찌가 아스팔트 위에 토끼 똥처럼 떨어지고
다만 구두 밑창에서 납작해지는 운명

오랜만에 너에게서 전화가 왔다 너는 아직도 낮이 길어지고 있는 중이냐고 물었고 나는 그렇다고 했다 음식물 쓰레기 때문에 생겨나는 날파리에 대해 말했고 벚나무의 쓸모에 대해 말했다 사람들은 벚꽃을 사랑한다 열매에는 관심이 없다

별일 없냐는 너의 말에 별일이 뭘까 생각했다
대답하지 못하고 통화 종료 버튼을 눌렀다

약속 없이 공원에 갔다
나를 기다리는 사람도 내가 기다려야 하는 사람도

없다

공원 벤치는 구름 낀 날에도 따뜻하게 데워져 있다
벤치에 앉아 오른쪽 발을 왼쪽 허벅지에 올리고 구두 밑창을 내려다본다
검보라빛 버찌가 압정 머리처럼 달라붙어 있다

열이 오른 아이의 이마를 짚듯 벤치에 손바닥을 대면
계절을 견디고 있는 벤치의 마음이 느껴진다
구두를 벗어 벤치 위에 올려놓고 돌아온다

일주일 동안 계속 비가 와도 조금 덜 울며 지내길 바라
계절을 견디는 벤치와 벤치 위의 구두와 납작해진 버찌를 생각하며
너의 젖은 머리카락이 다 마르면 여름은 가겠지

지나온 미래

단어의 빈자리는
이야기로 채워진다

이야기는 무궁무진해져서
이야기 속에는

눈 내리는 좁은 골목이 있고
수프를 끓이는 연기가 피어오르고
나선형으로 이어진 계단이 있다

최면을 걸 때처럼
원을 그리며 멀어지는 계단
엄마의 무릎 위에서

아브라카타브라
아브라카타브라

마법의 주문이 쓰여진 책을

펼쳐 마녀를 부른다

착한 마녀를 보내주세요

엄마는 말했지
착한 마녀는 없다고

엄마가 들려준 이야기는 이런 것이었다

아기를 낳고 하루 만에
집으로 돌아온 여자가 있대
밤새 소쩍새 울고
아기는 첫울음 이후로 울지 않는 아이가 되었대
울지 않는 아이는 울지 않는 어른이 되었지
울지 않는 어른은 착할 수 없단다
우는 아이들은 빵조각도 돌멩이도 없이 숲속에 버려졌지
그렇게 세상에는 울지 않는 어른만 남았단다

그건 일어나지 않았지만 일어날 수도 있는, 조금 먼, 이야기

우는 어른은 본 적 없고
동화 속 마녀는 즐거운 일 없이도 깔깔거렸다

시간이 흐르고 흘러
조금 먼

어쩌면 꿈속에서
내 손에 포개어진 작은
손은 따뜻했고 말랑거렸다

어쩌면 숲속에서
하얀 종아리 아래 파란
맨발로 아이는 서 있었다

울지 않는 어른을 기어이 울리겠다는 듯이

웃을 때 고개를 뒤로 젖히지
우는 걸 들키면 안 되지

아이가 잠든 밤
작은 거품을 터뜨리며 끓고 있는 수프를
휘젓는다
주문을 외운다

정류장

예정된 시간을 넘어서도
버스는 오지 않았다
원래 버스 같은 건 서지 않는 정류장이었을지 모른다

햇빛이 빈틈없이 쏟아진다
자동차 바퀴가 굴러가는 소리의 화음이
수평선에서 밀려오는 파도 소리를 떠올리게 한다

그늘 한 조각 보이지 않는 거리
아스팔트의 열기가 발바닥을 달군다
한여름 바닷가 검은 모래에 두 발을 묻는다

소리의 파도가 내 몸을 통과해 지나가고
정류장이 조금씩 앞으로 움직이는 것만 같고
멀어진 파도는 영영 가버린 것만 같고

엄마를 잃어버린 아이의 눈동자처럼
텅 빈 한낮의 도시

나는 조금 더 앉아있어 보기로 한다

3부

끝나지 않은 이야기

그 겨울

눈이 내린다
그해 여름을 기억하는

사라진 것에 대한 슬픔은
눈 내리는 겨울 풍경의
흑백사진 같은

떠내려간 것들은
저마다 다른 곳에서 눈을 맞고 있다

땅에 닿지 못하고 허공에 떠오른 눈송이

작은 혀를 내미는 아이

사라지는
눈송이 아래로

착실하게 세상이 하얀색으로 변해간다

언제나

밤의 불빛은 거리를 가늠하기 어렵다
얼마나 걸어야 잡을 수 있는지 모른 채 앞으로
조금씩 가까이 가는 수밖에

빛이 잠시 보이지 않더라도
멈추지 않을 거라는
단순한 마음만 손에 쥐고

빛이 가까이 오더라도
눈을 감지 말자 다짐하면서

밤의 빛은
놓여있다

단추2

단추는 동그랗다
어디에서나 볼 수 있다
어느 곳에나 어울리는 건 아니다

사랑하는 사람의 옷깃과 이별과 눈물에 어울린다는 생각은 착각
버스 앞자리에 앉은 아저씨의 흔들리는 뒷모습
딸기를 베어 무는 입술 사이
비 오는 날 창틀에 부딪혀 튀어 오르는 물방울에
잘 어울린다

사람들은 벌어진 마음을 여미기 위해 단추를 찾아다닌다

단추를 찾지 못하면 옷핀으로 대신할 수밖에 없는데
그럴 때면 꼭 피를 본다

단춧구멍 가까이 왼쪽 눈을 갖다 대면
오른쪽 눈은 감기고 이곳과는 다른
세계를 향하는 통로가 생겨난다

단추3

장롱 밑에서 단추를 발견했어요

어느 옷에서 떨어진 걸까 생각했지요
단추의 색깔과 크기를 보면서
나의 셔츠와 바지와 재킷에 달려 있는 단추들을 떠올리면서

아무리 생각해도 어울리는 옷이 없어요
내 것이 아닌 걸까요?

바느질 상자에 넣어둘까 하다 그만두었어요
나에겐 옷이 많지 않고
바느질 상자엔 단추가 너무 많잖아요

달을 잃어버린 지구처럼 궤도를 이탈한 것들

어깨를 바닥에 붙여 얇게 엎드립니다
팔을 늘려 더 깊고 어두운 구석에 단추를 밀어 넣습니다
윙윙 청소기가 돌아갑니다

#일시정지

소나기 쏟아지는 오후

두 손으로 우산을 들고 횡단보도를 건너다

멈춰섰다

운동화 끈이 풀려서도 아니고

핸드폰이 울려서도 아니고

우산이 무거워서도 아니고

비에 젖은 새 때문도 아닌데

멈추어선

그 하나의 이유를 찾지 못해

한 발짝 떼지 못하고

횡단보도 한가운데 서 있다

오후 세 시의 놀이터

노란 햇빛을 머금은
한여름 오후 세 시의 놀이터는
고양이가 핥아먹은 접시처럼 고요합니다
심장이 덜거덕거리는 소리를 들을 수 있습니다

그 소리 누가 들을까 얌전한 손짓으로 고양이를 부릅니다
네 접시처럼 고요해지게
내 심장도 핥아 먹어 줘

이름으로 기억되는 밤

하얀 나비가 날아다니는 언덕의
밤이 있다

부엉이의 밤이나
왼손의 밤도 있다

죽은 이의 노트
단 하나의 동그라미

시소 옆에 홀로 남은 눈사람은
일자 모양 입을 하고
이 밤은 한쪽 입꼬리가 내려간다 흘러내린다

자작나무 숲길을 걷는 밤
입속에서 파삭 부서지는 스낵 같은 밤

가볍게 시간을 가르는 종이비행기

그림책 읽는 명랑한 목소리가 들려오는 밤, 다음에는
엄마, 하고 부르면 돌아보는
주름진 얼굴의 밤이 온다

이름을 붙이면 가까워진 느낌이 든다

블루베리 한 알을 입 속에 넣으면
기억하지 않아도 오는 밤

그런 밤이 되고
손에 쥘 수 있다

할 수 있는 마음

키가 커진 커피나무 그림자 잎을 쓰다듬는다
그림자 없는 삶은 없다고 했지만 가끔은 도망가고 싶다
하루에 하나씩 꼬박꼬박 배달되는 택배는 더 이상 설레지 않고

오래된 제습제처럼 굳어버린 여행 가방의 지퍼
지난봄 사서 한 번도 입지 않은 민트색 니트
열리지 않았다 아무것도

시곗바늘이 거실의 둘레를 맴도는 동안
동그란 공간은 점점 더 동그래진다

구석에 앉아 공기 중에 떠다니는 먼지를 마시며 우주의 처음을 훔쳐본다
먼지가 오후의 노란 햇살을 받아 반짝인다

혀 위에서 박하사탕이 조금씩 녹고

나는 숨 쉬고 있다
박하 향이 공기 중에 흩어진다
후우 불면 사라진다

그림자가 길게 눕는 시간에는 낙타처럼
순한 눈썹을 하고 늘어진 다리를 끌고 걷는다
처음으로 되돌아오는 동그란 마음이 되어
울타리를 열고 나갈 수 있는 마음이 되어

여전히 아침

아침은 길고 지루한 이야기
아침부터 구구단을 외우라니요
내 머릿속은 진공 상태처럼 빈 공간이에요
아무것도 없고 무엇이든 생겨날 수 있는

구구단을 외워야만 어른이 될 수 있나요
일 년 동안 구구단을 외우고 있어요
학교 운동장은 비어있는 날이 더 많았고
나는 자라지 못했어요
사라진 시간은 어디에 있을까요

나는 302호에 살아요
천 원짜리 두 장이 주머니에 있어요
만 원은 가져본 적이 없어요
옆집 여자는 어제 구급차에 실려 갔고요

내가 어른이 될 수 있을까요
어른이 돼서 '1,426,900'을 읽고 '여페 안잤다'를 틀리

지 않고 쓸 수 있을까요

너의 입은 피에로처럼 웃고 있을까 울고 있을까

뭐가 두려운 거죠
아무 일도 일어나지 않는다는 건
누군가 죽지 않는다는 거래요
작년 아침에도 구구단을 외웠고
누군가는 죽지 않고 어른이 되겠죠

검은 넥타이를 맨 사람이 고요한 밤을 통과해 문을 열면
나는 긴 하품을 하며 문을 닫습니다

아직도 아침인가요
여전히 아침이에요
아무 일도 일어나지 않는
아무 일도 일어나서는 안 되는

뒷모습

크리스마스 캐럴이 흐른다
누가 틀어놓은 것인지 묻고 싶은데
아무도 없다
창밖에는

곤줄박이가 빈 나뭇가지에 앉았다 금세 날아갔다
울고 있는 사람의 뒷모습처럼 오래도록 흔들렸고
그 자리에 노란 별 하나 걸었다
눈이 올 것 같은 하늘이었다

뿌리를 잃은 스토크 줄기
투명한 유리병에서 1분에 1초만큼 시들어가고

자라지 못하는 방 안에 크리스마스 캐럴의 낯선 음표가 떠다닌다

서양 나라에서 온 아름다운 크리스마스 카드*를 받아 든 손

갈 수 없는 곳을 바라보는 눈
울고 있다

울면 안 되는데 안 되는데 울면 기다리는 사람이 오지 않을 텐데

푸른빛 전구가 천천히 밝아졌다

울어도 돼
울어도 돼

갈 수 없는 먼 서양 나라에서 들려오는 속삭임

캐럴은 창틀을 부드럽게 넘어
크리스마스 요정이 살고 있다는 곳으로 떠나고
차가운 공기에선 한지에 스며든 먹빛 냄새가 난다

* 김종삼의 시 '북치는 소년'

리듬

아이가 오른발과 왼발을 바꿔 구르며 뛰어간다

노인의 체중을 싣고 굴러가는 유모차 바퀴는
주파수가 맞지 않는 라디오 소리처럼 지직거린다

네가 그릇의 바닥을 싹싹 긁고 있을 때
나의 그릇에는 밥이 반 정도 남아 있다

너는 반 박자 빠르게
나는 반 박자 느리게

달 쪽으로 기우는 리듬은
낮과 밤이 태어나고 계절이 태어나는 슬픔

아이의 발걸음이 시간 사이로 흐르고
노인의 유모차 바퀴가 언덕을 넘어간다

붕어빵을 머리부터 먹을까 꼬리부터 먹을까 고민하

는 동안

비는 저마다 다른 속도로 떨어지고

눈사람의 코가 부러지고

노랑 신호등에서 빨강 신호등으로 바뀌고

마늘이 도마 위에서 잘게 다져진다

타닥 타다닥

단어는 손가락의 리듬으로 태어난다

다정한 눈빛으로

횡단보도에 선 사람들 손에 아이스아메리카노가 들려있었다
따뜻한 햇살이 얼음을 빠른 속도로 녹이고 있었다
얼음이 녹기 전에 횡단보도를 건너야 한다고 생각하지만
누구도 시원함을 맛보지 않았다

건너편에서 흥겨운 음악이 들려왔다
축제와 어울리지 않는 불규칙한 높낮이와 박자
성층권 밖에서 들려오는 소리 같았다

길을 건넌 사람들이 호수 쪽을 향해 몰려갔다

축제의 들뜬 분위기 속에서
빈 가지 아래
서로를 바라보는 눈빛만은 다정했다
모르는 사람에게 기꺼이 어깨를 내어주며 걸어요

바닥에 뒹구는 봄을 밟고 가는 사람들

축제의 천막 아래에는 검은 물이 찰랑이는 플라스틱 컵이 쌓이고
솜사탕에 씌운 반투명 비닐에는 미세먼지가 쌓이고

돌아보면 다정한 얼굴들이 무섭게 밀려왔다

호수를 한 바퀴 돌고 빠져나가면
봄이 사람들 발에 밟히고 있다는 걸 잊고
머리 위 빈 가지가 흔들리는 축제라든지
봄이 짧아지고 있는 아쉬움에 대해서만 이야기한다
아직 살아보지 못한 미래는 상관없다는 듯이

숨기 좋은 곳

친구의 그림자를 따라간다
그림자를 밟는 발
빛을 안고 뛰는 아이와
빛을 등지고 뛰는 아이

적당한 거리에서 서로의 그림자를 건너다본다

빛이 가득하면서 어두운

미술학원 선생님이 말했어
그림자가 있어야 모든 것이 제자리에 있는 것 같이 보이지
네가 그린 꽃병은 있어도 없는 것이지

있는 꽃병과 있는 것 같이 보이는 꽃병의 다른 점은 무엇일까요

그림자의 경계는 빛과 어둠

설명할 수 없는 방식으로
운동하는 입자

꽉 쥔 주먹 안에
숨은 촘촘한 어둠

해가 들어오지 않는 방이나
해가 진 방에서도
그림자를 찾는다

그건 빛의 너머를 보는 일

유리구슬을 쥐고 있을 때와
돌멩이를 쥐고 있을 때의 다른 느낌을
너는 알 수 없지

말하지 않은 것은 모르고
우린 모르는 것투성이

경유하다

예매가 되지 않는 곳입니다. 내일 아침에 예정되어 있군요. 십 분 전에는 와서 기다려야 합니다. 버스는 십 분 전에 올 수도 십 분 후에 올 수도 있지만요. 그건 내가 하는 일이 아니고 가늠할 수도 없습니다.

그냥 기다립니다. 그냥이라는 말은 이럴 때 쓰는 겁니다. 좌석번호가 적혀 있지 않은 버스표를 손에 쥐고

나의 시간은 기다림으로 지나갑니다. 기다림은 하품하는 고양이처럼 지루해요. 버스표를 사려는 여행자를 기다리고, 계절을 싣고 오는 버스를 기다리고, 먹음직스런 소시지가 담긴 도시락을 기다리지요.

이곳은 커다란 통창으로 둘러 있습니다. 꽃집이 보이고 한의원이 보이네요. 24시간 환한 불이 켜져 있는 편의점도 있습니다. 점심시간이면 줄을 선다는 중국집도 있어요. 잠시 머무는 여행자는 갈 필요가 없는 곳이지만요.

이곳에서의 시간은 길기도 하고 짧기도 합니다. 당신이 타려고 하는 버스는 당신만 알아볼 수 있어요. 그렇다고 미리 걱정할 필요는 없어요. 버스가 가까워질수록 경적 소리가 조금 더 크게 들릴 거예요.

버스는 바다를 지나고 언덕을 넘어 겨울과 봄을 통과해 옵니다.

꽃집에 들러 프리지어 한 다발을 사고 편의점에서 커피를 한 잔 마셔도 괜찮다고, 말해주고 싶은데 당신은 어느새 의자에 앉아 십오 도쯤 머리를 떨구고 졸고 있네요. 당신을 깨우지 않기로 합니다.

잠깐 달콤한 꿈을 꾸어도 좋으니까요.

허물어지다

어디든 가고 싶어 버스를 탔다
어디에서 내려야 할까 생각하는 동안

상추 모종을 파는 종묘상을 지나고
불 꺼진 귀뚜라미 보일러 가게를 지나고

크레인 위에서 결의에 찬 구호를 외치는 사람들
그 사람들을 올려다보는 버스 안
나의 이마에 떨어지는 햇살

플라타너스가 어지럽게 흔들린다
외벽이 벗겨진 세인트 병원이 그곳에 있다

주차장마다 빨간색으로 적혀있는
외부차량 주차금지

나의 안과 밖도 구별할 줄 모르면서
내부와 외부를 나눌 수 있다니요

버스가 버스의 외부를 지난다

허리 높이만큼 자란 노란 꽃이
빈집 마당 가득하고 그곳에서
사슴 한 마리가 풀을 뜯고 있어
그러면 빈집이 아닌가 싶다가도
사람이 살지 않으면 빈집이지 하는 생각

여기는 버스의 내부

바깥 풍경이 하나씩 사라지고
이마에 떨어지던 햇살이 푸른 빛으로 바뀔 때쯤
경계가 허물어진다

아직은 내리고 싶지 않은데
버스가 종점으로 들어서고 있다

새소리

이사한 곳은 오래된 나무가 많은 곳이었다
사계절을 지나는 동안 매일 아침 새소리를 들었다

오랜만에 찾아온 친구에게 자랑했다
계절마다 들리는 다른 종류의 새소리를 구별할 수 있다고

중요한 건 다른 종류의 새소리를 구별하는 게 아니야
친구가 말했다

하나의 새 소리를 듣는 거
그 새가 언제 소리를 내는지 아는 거
우는 건지 노래하는 건지 아는 거
높낮이라든가 반복되는 리듬이라든가, 그날의
부리의 단단함을 보는 거

어제보다 오늘 조금 더 가까워지는
하나의 새소리를 듣는 거야

계단

어느 때는 여우의 눈으로
어느 때는 곰의 마음으로
때로는 루핀꽃의 아름다움으로
이야기를 쓴다

한 계단 내려가면 네가 떠나고
한 계단 내려가면 오빠가 돌아오지 않고
또 한 계단 내려가면 비가 온다

기우는 방향의 반대로 핸들을 돌려도
자꾸 넘어지는 날들

양말을 거꾸로 말하는 아이에게
말양을 계속해봐
말양말양말양말양말양말양말
뭐든 어려운 게 있으면 여러 번 입으로 소리 내 보렴
이름을 찾을 수 있을 때까지

1974년에 태어난 백 원짜리 동전은
한 번도 행운을 가져다준 적 없지만
밤에는 십자말풀이에 골몰한다
내가 모르는 답이 있다는 것만으로도
위로가 된다

조심스럽게 새어 나오는 늙은 어머니의 코 고는 소리
어젯밤 돋은 어린잎을 쓰다듬는 손
시소 끝에 마주 앉은 아이들
이야기에는 서로 닮은 등장인물이 나온다

한 계단 올라간다
이야기는 아직 끝나지 않았다

사라지는 것들을 통과하는 여름이 있다

초판 1쇄 인쇄　2023년 8월 7일
초판 1쇄 발행　2023년 8월 29일

지은이　조성희

펴낸이　이장우
편집　송세아 안소라
디자인　theambitious factory
제작　김소은
관리　김한다 한주연
인쇄　금비PNP

펴낸곳　도서출판 꿈공장플러스
출판등록　제 406-2017-000160호

주소　서울시 성북구 보국문로 16가길 43-20 꿈공장 1층

이메일　ceo@dreambooks.kr
홈페이지　www.dreambooks.kr
인스타그램　@dreambooks.ceo

전화번호　02-6012-2734
팩스　031-624-4527

이 책은 강원특별자치도, 강원문화재단 후원으로 발간되었습니다.

꿈공장플러스 출판사는 모든 작가님의 꿈을 응원합니다.

ISBN　979-11-92134-47-5
정가　12,000원